CÍRCULO DE POEMAS

Palavra nenhuma

Lilian Sais

1ª reimpressão

Para Roberto
in memoriam

Mas por mais bela que seja cada coisa
tem um monstro em si suspenso.

Sophia de Mello Breyner Andresen,
"Fundo do mar"

Ali onde o chão é chão
as pernas, pernas
a coisa, coisa
e a palavra, nenhuma.

Francisco Alvim, "Escolho"

começou numa
terça-feira

segundo o horóscopo
chinês foi o ano
do boi

teve a primeira
edição do rock
in rio

o super
mario bros
foi lançado

ayrton senna
venceu a corrida
de portugal

tancredo neves
venceu a corrida
das eleições
indiretas

é o fim
da ditadura militar

vão dizer

1985 é o ano
da esperança

entre uma coisa e
outra nasceu
um bebê

o pai disse vamos
chamar de lilian

a mãe disse sim
pode ser

foram registrar
no cartório perguntaram

lilian
com m ou com n

o pai respondeu
lilian com n
"de navio"

considero
os navios antes
de conhecerem
o mar

coitados

o casco seco
são galinhas
tentando
alçar-se

em vão dão
tudo de si

as penas inclusive

um navio
é uma nave

um navio
de guerra
é uma
belonave

um navio
de comércio
é um navio
mercante

um navio
dura
em média
vinte e cinco
anos

depois disso
a manutenção
é muito cara

não compensa

entre uma coisa e
outra no ano em que
nasci os destroços
do titanic
foram encontrados

confirmando
que no naufrágio
ele se partiu
ao meio

nem todo navio
que parte
se parte
ao meio

mas quando
um navio
se parte
ao meio

ele não chega
a notícia sim

há um tempo
no brasil
um navio se chocou
não com a ponta
de um iceberg
mas com a ponte
rio-niterói

ele estava
há seis anos
à deriva na baía
de guanabara

penso no momento
em que sobreviver
com o seu corpo
fora do navio
parece ser mais possível
do que sobreviver
dentro

e nas pessoas
que embarcam
em navios para depois
deixá-los

me interessam
os navios à deriva
esses que são

abandonados
e não afundam

os jornais disseram
que na baía de guanabara
há dezenas deles
fantasmas
fazem parte da paisagem
navegam sem tripulação
ao sabor dos ventos

há dois dias perdi
meu pai não como
quem perde
um isqueiro embora
perder um isqueiro
diante da paixão
dos fumantes
tenha lá a sua
literatura perdi
meu pai não como
quem perde
um braço uma perna
no espelho esses
estão lá ainda que
realmente parados
enquanto os dias
se movem sem pausa
ou descanso perdi
meu pai como
quem perde a quebra
o ritmo um tom
de voz um jeito
de tocar
a pele um cheiro
de não voltar
nunca

nunca fui a um enterro
que não fosse
o enterro
da minha mãe

depois de enterrar
a mãe todos
os que morrem também
são ela

pelo menos comigo foi assim
até eu
enterrar o meu pai

nunca estive
em um navio
mas parece estranho
dizer algo como

lilian com n "de nada"

como se alguém
estivesse
me agradecendo

então até hoje
quando eu falo
o meu nome
digo

lilian com n "de navio"

como se com isso
dissesse que sou filha
do meu pai

como se com isso
perguntasse
o que eu faria
com um obrigado
numa hora dessas

o sistema caiu
a atendente funerária
diz

ela me mostra
a unha pintada de azul
partida
na metade

não tem nada pior
que uma unha partida
na metade
ela diz

e me pergunta
se a minha unha
também
costuma se partir
ao meio

unha
eu pergunto olhando
minhas próprias mãos
e pensando em
tudo
que a gente herda
e não sabe

enquanto a mulher
diante de mim

aperta
várias vezes
o *enter*

pergunta
se ele deixa esposa

minha mãe também
já faleceu
eu respondo

e filhos
ela pergunta
levando a unha
partida
à boca

eu digo sim
eu digo eu

agora estou
correndo na rua
muito rápido

nunca corri
na rua
muito rápido

nem para pegar
o 765
destino tiradentes

sabia que se corresse
o motorista ia ligar
o motor e partir

e ele riria
de mim olhando
pelo retrovisor

mas agora estou
correndo
e não é para pegar

o 765

corro porque posso
correr
de olhos fechados

sem tropeçar
nem cair ou torcer
o tornozelo

quase flutuando
como se fosse
um navio

só que como eu
estou de olhos
fechados

não sei
se estou sendo
seguida

e no momento
em que penso isso
já estou sendo
seguida

ouço o barulho
de um motor
e é o 765

destino tiradentes
tenho certeza

nessa hora
eu acordo
você pode pensar

saímos
da cerimônia de cremação
de mãos dadas

você comenta
que ele foi um pai
presente

eu me agarro
à superfície da última
palavra
como a uma tábua
de salvação
em alto-mar

penso como
em nossa casa
nunca falávamos
das perdas

era só
o dia o café
da manhã

o tempo
quente

o tempo
seco

o tempo
sempre
passando

a mansa e contínua
coreografia
dos ponteiros

na ausência
de palavras
ditas por inteiro
meu pai me dava
vez ou outra
um presente possível

meses depois
em tiradentes
dentro de uma igreja
ornada com 460 quilos
de ouro olho
para cima
penso ter ouvido
em algum lugar
o nome daquela parte
é nave pergunto
a você se tem a ver
com a arca
de noé ou se estou
inventando porque
estou escrevendo
um livro cheio
de embarcações
e as embarcações flutuam
ou ao menos são feitas
para isso

com os olhos muito
abertos nas paredes
de ouro os anjos
parecem rogar assustados
para não virarem mote
de poema

por isso olho
de novo
para cima

o céu é o teto
e o teto não é mais
nunca mais será
o teto

no bloco de notas do celular
escrevo nave arca de ponta-
-cabeça
salvação igreja corpo
de cristo

por um instante tudo
faz sentido

e no instante seguinte

na saída da igreja
um vendedor me oferece
uma réplica do relógio
de sol que está
logo ali

vejo as horas reluzindo
no meu celular
e penso nas diferentes
formas de medir o tempo
ao longo dos séculos

é só aí que me lembro
do primeiro presente
que ganhei do meu pai

ainda o guardo comigo

o primeiro presente
que eu me lembro
de ganhar do meu pai
foi uma ampulheta

era incrível
medir o tempo
com aquela areia
cor de terra

um minuto
virava
de ponta-cabeça
outro

descobri depois
ampulhetas maiores
como as que eram usadas
antigamente
em igrejas
e navios
marcando
a cada virada
uma hora

partida

descobri também
sombreada
a figura da morte

levando

a foice numa mão
a ampulheta na outra

a vida ceifada
grão em grão
na queda

meu amigo leandro
me diz que todos
os barcos que cumprem
sua função são
necessariamente
ampulhetas
por causa dos cascos
refletidos no mar

necessariamente
eu pergunto

necessariamente
ele responde

e de novo eu olho
para o espelho
d'água

pensa a palavra
navio tentando
dar saltos
mortais

é de chumbo
e não tem pernas
para tomar impulso

mas é
o que é e faz
o que faz

às vezes flutua

nem sempre

meu pai
rebocando um navio
a nado

posso ouvir a voz dele

jogaram uma corda
amarrei em torno
do peito
e reboquei o navio
até o porto

um navio deve ser
muito grande né pai

é sim
muito grande
e pesado
e sua mãe ainda
por cima estava nele
grávida de você

e o porto estava longe né pai

o porto filha
sempre está longe
até não estar mais

o segundo presente
que ganhei do meu pai
foi um telescópio
direto do paraguai

também era
cor de terra

mas nunca
aprendi a usar

colocava o olho
direito na base
da luneta

não via nada

no ano seguinte
ganhei o terceiro
presente

uma bússola

eu tinha sete anos

algumas palavras
que não conhecia
na época:

cabotagem
estibordo
iceberg
talvez até mesmo
âncora

antes de eu saber
nadar meu pai me levava
para longe da praia
em cima das suas
costas

eu segurava
no pescoço dele
flutuava
como se aquele corpo fosse
uma jangada

segura forte
ele dizia
enquanto a gente ia
cada vez mais para dentro
do mar

o segredo é deixar
a onda vir

a gente só se afoga quando perde
a calma

dias depois
da morte do meu pai
me perguntaram
numa entrevista
se às vezes penso
em desistir
da poesia

respondi como sou
filha da mirian
e do roberto sou
poeta não dá
para desistir
de certas coisas

é claro
às vezes penso
que não vale
a pena

ainda assim dou
tudo de mim

inclusive as penas

o último presente
que meu pai me deu
foi um relógio
antigo

desses de corda
que se costumava levar
nos bolsos
no início do século
xx

ele sempre achou
que eu gostava de coisas
muito antigas
porque afinal
eu estudei
grego antigo

então ele me deu
o relógio
da única vez que veio
na minha casa

disse
é um relógio parado
mas ainda assim
é um relógio

o pino de cima
está solto cuidado
para não cair

agora tenho acordado
de madrugada
e fico olhando o ponteiro
maior

todas as vezes
a mesma hora

parada

penso no meu pai
e seguro o relógio
pela base
com força

como quem segura
o tempo
essa pequena granada
sempre prestes a

Copyright © 2024 Lilian Sais

Todos os direitos reservados. Nenhuma parte desta obra pode ser reproduzida, arquivada ou transmitida de nenhuma forma ou por nenhum meio sem a permissão expressa e por escrito da Editora Fósforo.

DIREÇÃO EDITORIAL Fernanda Diamant e Rita Mattar
COORDENAÇÃO DA COLEÇÃO E EDIÇÃO Tarso de Melo
COORDENAÇÃO EDITORIAL Juliana de A. Rodrigues
ASSISTENTES EDITORIAIS Millena Machado e Rodrigo Sampaio
REVISÃO Eduardo Russo
DIRETORA DE ARTE Julia Monteiro
IMAGEM DE CAPA The Willard Suitcases Project © Jon Crispin
PROJETO GRÁFICO Alles Blau
EDITORAÇÃO ELETRÔNICA Página Viva

Dados Internacionais de Catalogação na Publicação (CIP)
(Câmara Brasileira do Livro, SP, Brasil)

Sais, Lilian
  Palavra nenhuma / Lilian Sais. — São Paulo : Círculo de Poemas, 2024.

  ISBN: 978-65-84574-91-5

  1. Poesia brasileira I. Título.

24-194399   CDD — B869.1

Índice para catálogo sistemático:
1. Poesia : Literatura brasileira   B869.1

Eliane de Freitas Leite — Bibliotecária — CRB-8/8415

1ª edição
1ª reimpressão, 2024

circulodepoemas.com.br
fosforoeditora.com.br

Editora Fósforo
Rua 24 de Maio, 270/276, 10º andar
01041-001 — São Paulo/SP — Brasil

 A marca FSC® é a garantia de que a madeira utilizada na fabricação do papel deste livro provém de florestas gerenciadas de maneira ambientalmente correta, socialmente justa e economicamente viável e de outras fontes de origem controlada.

CÍRCULO DE POEMAS

LIVROS

1. **Dia garimpo.** Julieta Barbara.
2. **Poemas reunidos.** Miriam Alves.
3. **Dança para cavalos.** Ana Estaregui.
4. **História(s) do cinema.** Jean-Luc Godard (trad. Zéfere).
5. **A água é uma máquina do tempo.** Aline Motta.
6. **Ondula, savana branca.** Ruy Duarte de Carvalho.
7. **rio pequeno.** floresta.
8. **Poema de amor pós-colonial.** Natalie Diaz (trad. Rubens Akira Kuana).
9. **Labor de sondar [1977-2022].** Lu Menezes.
10. **O fato e a coisa.** Torquato Neto.
11. **Garotas em tempos suspensos.** Tamara Kamenszain (trad. Paloma Vidal).
12. **A previsão do tempo para navios.** Rob Packer.
13. **PRETOVÍRGULA.** Lucas Litrento.
14. **A morte também aprecia o jazz.** Edimilson de Almeida Pereira.
15. **Holograma.** Mariana Godoy.
16. **A tradição.** Jericho Brown (trad. Stephanie Borges).
17. **Sequências.** Júlio Castañon Guimarães.
18. **Uma volta pela lagoa.** Juliana Krapp.
19. **Tradução da estrada.** Laura Wittner (trad. Estela Rosa e Luciana di Leone).
20. **Paterson.** William Carlos Williams (trad. Ricardo Rizzo).
21. **Poesia reunida.** Donizete Galvão.
22. **Ellis Island.** Georges Perec (trad. Vinícius Carneiro e Mathilde Moaty).
23. **A costureira descuidada.** Tjawangwa Dema (trad. floresta).
24. **Abrir a boca da cobra.** Sofia Mariutti.
25. **Poesia 1969-2021.** Duda Machado.
26. **Cantos à beira-mar e outros poemas.** Maria Firmina dos Reis.
27. **Poema do desaparecimento.** Laura Liuzzi.
28. **Cancioneiro geral [1962-2023].** José Carlos Capinan.
29. **Geografia íntima do deserto.** Micheliny Verunschk.
30. **Quadril & Queda.** Bianca Gonçalves.
31. **A água veio do Sol, disse o breu.** Marcelo Ariel.
32. **Poemas em coletânea.** Jon Fosse (trad. Leonardo Pinto Silva).
33. **Destinatário desconhecido.** Hans Magnus Enzensberger (trad. Daniel Arelli).

PLAQUETES

1. **Macala.** Luciany Aparecida.
2. **As três Marias no túmulo de Jan Van Eyck.** Marcelo Ariel.
3. **Brincadeira de correr.** Marcella Faria.
4. **Robert Cornelius, fabricante de lâmpadas, vê alguém.** Carlos Augusto Lima.
5. **Diquixi.** Edimilson de Almeida Pereira.
6. **Goya, a linha de sutura.** Vilma Arêas.
7. **Rastros.** Prisca Agustoni.
8. **A viva.** Marcos Siscar.
9. **O pai do artista.** Daniel Arelli.
10. **A vida dos espectros.** Franklin Alves Dassie.
11. **Grumixamas e jaboticabas.** Viviane Nogueira.
12. **Rir até os ossos.** Eduardo Jorge.
13. **São Sebastião das Três Orelhas.** Fabrício Corsaletti.
14. **Takimadalar, as ilhas invisíveis.** Socorro Acioli.
15. **Braxília não-lugar.** Nicolas Behr.
16. **Brasil, uma trégua.** Regina Azevedo.
17. **O mapa de casa.** Jorge Augusto.
18. **Era uma vez no Atlântico Norte.** Cesare Rodrigues.
19. **De uma a outra ilha.** Ana Martins Marques.
20. **O mapa do céu na terra.** Carla Miguelote.
21. **A ilha das afeições.** Patrícia Lino.
22. **Sal de fruta.** Bruna Beber.
23. **Arô Boboi!** Miriam Alves.
24. **Vida e obra.** Vinicius Calderoni.
25. **Mistura adúltera de tudo.** Renan Nuernberger.
26. **Cardumes de borboletas: quatro poetas brasileiras.** Ana Rüsche e Lubi Prates (orgs.).
27. **A superfície dos dias.** Luiza Leite.
28. **cova profunda é a boca das mulheres estranhas.** Mar Becker.
29. **Ranho e sanha.** Guilherme Gontijo Flores.
30. **Palavra nenhuma.** Lilian Sais.
31. **blue dream.** Sabrinna Alento Mourão.
32. **E depois também.** João Bandeira.
33. **Soneto, a exceção à regra.** André Capilé e Paulo Henriques Britto.

Que tal apoiar o Círculo e receber poesia em casa?

O que é o Círculo de Poemas? É uma coleção que nasceu da parceria entre as editoras Fósforo e Luna Parque e de um desejo compartilhado de contribuir para a circulação de publicações de poesia, com um catálogo diverso e variado, que inclui clássicos modernos inéditos no Brasil, resgates e obras reunidas de grandes poetas, novas vozes da poesia nacional e estrangeira e poemas escritos especialmente para a coleção — as charmosas plaquetes. A partir de 2024, as plaquetes passam também a receber textos em outros formatos, como ensaios e entrevistas, a fim de ampliar a coleção com informações e reflexões importantes sobre a poesia.

Como funciona? Para viabilizar a empreitada, o Círculo optou pelo modelo de clube de assinaturas, que funciona como uma pré-venda continuada: ao se tornarem assinantes, os leitores recebem em casa (com antecedência de um mês em relação às livrarias) um livro e uma plaquete e ajudam a manter viva uma coleção pensada com muito carinho.

Para quem gosta de poesia, ou quer começar a ler mais, é um ótimo caminho. E para quem conhece alguém que goste, uma assinatura é um belo presente.

**CÍRCULO
DE POEMAS**

Este livro foi composto em GT Alpina e GT Flexa e impresso pela gráfica Ipsis em setembro de 2024. Me interessam os navios à deriva, esses que são abandonados e não afundam.